La bande des Six

Héritage
jeunesse

Catalogage avant publication de Bibliothèque et Archives nationales du Québec et Bibliothèque et Archives Canada

Perry, Chrissie

    Magalie l'intello

    (Go girl!)

    Traduction de: Holiday Blues

    Pour les jeunes.

    ISBN 978-2-7625-9458-4

    I. Megan Jo Nairn et Danielle McDonald. II. Mathilde Singer. III. Titre. IV. Collection: Go girl!.

Holiday Blues de la collection GO GIRL! DIFFERENCE

Copyright du texte © 2008 Chrissie Perry

Maquette et illustrations © 2008 Hardie Grant Egmont

Le droit moral de l'auteur est ici reconnu et exprimé.

Version française

© Les éditions Héritage inc. 2012

Traduction de Martine Perriau

Infographie: D.sim.al/Danielle Dugal

Nous reconnaissons l'aide financière du gouvernement du Canada par l'entremise du Fonds du livre du Canada.

Nous reconnaissons l'aide financière du gouvernement du Québec par l'entremise du Programme de crédit d'impôt – SODEC.

Go Girl!
La bande des Six

Tome 1

Magalie l'intello

PAR
CHRISSIE PERRY

TRADUCTION DE MATHILDE SINGER

ILLUSTRATIONS DE
SONIA DIXON

INSPIRÉES DES ILLUSTRATIONS DE ASH OSWALD

INFOGRAPHIE DE DANIELLE DUGAL

EH Héritage jeunesse

Chapitre un

— Nous y voilà ! dit joyeusement le père de Magalie alors qu'il gare la voiture.

Magalie lui jette un coup d'œil. Elle sait qu'il fait des efforts pour qu'elle se sente mieux en prenant ainsi un ton enjoué.

Elle soupire et regarde par la fenêtre de la voiture, sans avoir envie de sortir.

L'immeuble en face d'eux a l'air vieux. Les T de l'enseigne pendent à l'envers, comme s'ils étaient sur le point de tomber.

CEN⊥RE
COMMUNAU⊥AIRE

Magalie prend une grande respiration. Elle se sent elle-même la tête à l'envers.

— Bon, as-tu tout ce qu'il te faut ? demande son père.

— Je pense que oui, répond Magalie.

Elle a beau avoir *tout* ce dont elle a besoin dans son sac, la seule personne dont elle a vraiment besoin n'est pas là du tout.

Sa meilleure amie Érika.

Magalie se dirige lentement vers le centre communautaire avec son père.

C'est horrible de se rappeler combien Érika et elle avaient été enthousiasmées par ce camp

de jour. Il y avait des siècles qu'Érika avait envoyé par courriel la brochure à Magalie. Le message d'Érika l'avait bien fait rire.

« Ce serait trop cool, non ????? !!!!! », avait écrit Érika. Elle était en amour avec les points d'interrogation et d'exclamation.

Elles s'étaient passées des mots à propos du camp pendant le cours de maths lorsque leur enseignante, madame Demers, avait le dos tourné et elles s'en étaient parlé au téléphone le soir. Elles avaient même planifié de dormir la moitié du temps chez Magalie et l'autre moitié chez Érika. Tout allait être parfait.

Bon, *c'était* parfait jusqu'à ce que la tante d'Érika ait un bébé et qu'Érika et sa mère aillent la rejoindre pour les vacances.

Puis, *vlan* ! Tout avait changé.

— On dirait que tout le monde s'amuse bien là-dedans, dit le père de Magalie alors qu'ils entrent dans le centre communautaire.

Magalie jette un coup d'œil furtif par la porte, voulant regarder sans être vue.

Quelques petits enfants sont en train de jouer au chat, en utilisant des tapis colorés géants comme base de départ.

De l'autre côté de la pièce, près d'une grande bibliothèque, deux filles sont assises sur des coussins. Elles ont l'air d'avoir le même âge que Magalie. L'une d'elles a des cheveux courts, blond vénitien, et l'autre a de longs cheveux foncés qui volent vers l'arrière lorsqu'elle rit. Magalie ne peut s'empêcher de regarder fixement les vêtements à la mode de la fille aux cheveux foncés.

Magalie baisse son regard sur son t-shirt et son vieux jean ordinaire.

Elle regrette de ne pas avoir pris le temps de réfléchir à ce qu'elle allait mettre. Elle aimerait tant avoir choisi quelque chose de plus cool.

Pendant que le père de Magalie l'inscrit à la grande table, Magalie cherche le badge portant son nom. Sa gorge se serre lorsqu'elle se rend compte que la seule raison pour laquelle elle a besoin d'un badge est que personne ne la connaît.

Juste au moment où Magalie trouve son badge, quelqu'un la frôle en passant. C'est une autre fille qui vient juste d'arriver.

— Oups, pardon ! dit la fillette avec un grand sourire alors qu'elle ramasse un badge avec « Rosalie » écrit dessus.

— Pas de problème, dit Magalie en accrochant son propre badge sur son t-shirt.

Juste au moment où Magalie pense qu'elles pourraient peut-être entrer ensemble, Rosalie s'enfuit dans le hall. Magalie voit Rosalie saluer les filles près de la bibliothèque.

«Elle doit les connaître!», se dit Magalie, le cœur bondissant dans sa poitrine. Pour la millionième fois, elle aimerait qu'Érika soit là.

Son père a fini de l'inscrire.

— Je t'aime très fort, lui dit-il en l'embrassant sur la tête.

Normalement, Magalie doit répondre «Tu me manques déjà». C'est un jeu auquel ils jouent presque tous les jours.

Mais, aujourd'hui, cela semble un peu trop vrai pour le dire à haute voix. Magalie lui fait un signe de la main et prend une grande respiration.

« Et si je suis la seule à ne connaître per-sonne ? pense-t-elle. Et si personne ne me parle de toute la journée ? »

Magalie entreprend de se diriger direc-tement vers la bibliothèque. Même si les filles ne lui parlent pas, elle n'aura peut-être pas l'air aussi seule avec un livre entre ses mains. Elle jette un coup d'œil en arrière pour voir son père disparaître der-rière la clôture et remarque qu'une autre fillette arrive.

Elle est coiffée d'un bandeau et de petites boucles encadrent son visage. Elle porte un t-shirt violet avec une large ouverture au cou qui découvre une épaule.

Magalie regarde la fillette serrer sa mère dans ses bras pour lui dire au revoir. L'étreinte dure assez longtemps. Magalie se demande si c'est le fruit de son imagination, mais on dirait que la fillette ne veut vraiment pas laisser sa mère.

— Ça va bien se passer, Charlotte, dit la mère de la fillette en se détachant et en regardant Magalie. Peut-être que tu peux entrer avec cette belle jeune fille?

Magalie sourit. Pas seulement parce qu'on l'a appelée «belle jeune fille», mais aussi parce qu'elle voit bien que Charlotte est nerveuse, elle aussi. Tout à coup, cela ne paraît plus aussi effrayant d'entrer dans une salle remplie d'inconnus.

Chapitre deux

Magalie et Charlotte entrent ensemble. Magalie remarque tout de suite un énorme bocal en verre rempli de sucettes tout en haut d'une étagère. Au moment même où elle se demande si elle aura l'occasion d'y goûter – Érika la surnomme le monstre aux sucettes –, elle croit entendre un oiseau gazouiller.

Elle secoue la tête. C'est probablement un des enfants qui s'amuse à faire l'imbécile.

Mais elle l'entend de nouveau. Un petit *cui-cui*.

— Ok, tout le monde! s'écrie une femme qui tient un sifflet en forme d'oiseau. Assoyons-nous en cercle.

Magalie réalise qu'il s'agit sûrement de la responsable du camp – même si elle *n'en a pas l'air*! Le sifflet en forme d'oiseau n'est pas la seule chose inhabituelle. Magalie s'attendait à ce que la responsable soit comme ses enseignantes à l'école. Mais cette femme ressemble plus à une rock star qu'à une enseignante!

Elle porte une minijupe dorée et des leggings blancs. Ses longs cheveux orange sont torsadés en plusieurs segments et chaque segment est attaché par un élastique de couleur différente.

Magalie et Charlotte trouvent rapidement une place où s'asseoir. Magalie est soulagée d'avoir quelqu'un avec qui s'asseoir. Elle n'est pas très douée pour se faire de nouveaux amis mais, quelque part, elle est certaine que tout sera plus facile avec Charlotte.

Soudain, un groupe d'enfants fait irruption par la porte arrière. Au début, Magalie croit qu'il n'y a que des garçons. Puis, elle remarque dans le groupe une grande fille qui a l'air sportive. Magalie essaie de distinguer le nom sur son badge. Il commence définitivement par un « B », mais elle ne réussit pas à lire la suite.

Deux garçons glissent sur le sol, en pivotant sur leur derrière. Ils atterrissent brutalement et finissent coincés entre Magalie et Charlotte.

Magalie cligne des yeux lorsqu'elle reconnaît les garçons.

— Pousse-toi, chérie! crie l'un des deux.

C'est Loïc! Et Philippe Leroux! Ils vont à son école. Le surnom de Loïc est Loïc Bouffon. Ça lui va bien!

Magalie se met à glousser. Mais plus de surprise que de joie. Elle peut à peine le croire. Elle connaît deux enfants à son camp de jour, et l'un d'entre eux est Loïc Bouffon ?

— Bonjour à tous ! crie la femme avec le sifflet en forme d'oiseau, interrompant les pensées de Magalie. Je m'appelle Nina et voici Benjamin.

Elle fait un geste vers l'autre responsable. Benjamin est vraiment très grand, et très drôle lorsqu'il se penche bas pour saluer chacun.

— Nous aimerions vous souhaiter la bienvenue à notre merveilleux camp de jour, poursuit Nina chaleureusement. Je vous promets que ce sera tout une aventure !

— Excuse-moi, Nina, l'interpelle Loïc, en remuant sa main en l'air. Es-tu une enfant ou une adulte ?

Magalie fait un grand sourire. Loïc *est vraiment* un bouffon, mais en même temps elle voit bien où il veut en venir.

Nina rit.

— Je *suis* une adulte, assure-t-elle à Loïc. Mais ça ne veut pas dire que nous ne pourrons pas nous amuser ! Bon, est-ce que vous avez tous pu jeter un coup d'œil à notre site Internet ?

Magalie ressent le premier frisson d'excitation depuis qu'elle a appris qu'Érika ne viendrait pas.

Les excursions ont l'air *vraiment* cool. En fait, Magalie sait par cœur où ils iront et quand !

— Les excursions vont être méga-géniales, continue Nina, comme si elle lisait dans les pensées de Magalie. Jade, rappelle donc à tout le monde où nous allons mercredi.

Magalie suit le regard de Nina. Il se pose sur la fillette aux cheveux blond vénitien qu'elle a aperçue plus tôt.

— Euh, nous allons au Centre de préservation de la vie sauvage Wonga, dit Jade.

Elle a l'air un peu nerveuse de parler devant tout le monde, mais Magalie voit bien qu'elle est aussi excitée.

— Ma mère travaille là-bas, ajoute Jade. Et elle a une surprise pour nous.

Tout le monde se met à parler en même temps à l'évocation de cette surprise. Magalie et Charlotte se regardent, tout excitées.

Nina met un doigt sur ses lèvres. Une minute s'écoule avant que la pièce ne redevienne silencieuse.

— Est-ce que quelqu'un d'autre se rappelle où nous allons pour notre autre excursion? demande-t-elle après que tout le monde s'est tu.

— La piscine à *vaaagues,* s'écrie Philippe, en agitant follement ses bras.

Il a presque frappé Loïc sur le nez.

Tout le monde se met à glousser et à parler de nouveau. Magalie trouve cela un peu impoli, mais Nina n'a pas l'air contrariée.

Elle fait simplement claquer ses doigts en l'air et le brouhaha se calme.

— Bien. Je suis contente de voir que cela vous plaît, dit Nina en souriant. Parce qu'un camp de jour se *doit* de sortir de l'ordinaire. Mais, même si vous vous amusez bien, il y a quelques règles à respecter.

Je crois que des règles rendent les choses plus faciles.

Quelques enfants grognent. Magalie s'assoit bien droite. Elle n'a rien contre les règles.

— La première règle est le respect de chacun. Bien sûr, nous nous attendons à ce que vous soyez polis entre vous. Mais essayons de faire encore plus d'efforts. Par exemple, si vous voyez quelqu'un en difficulté, pensez à ce que vous pouvez faire pour l'aider. Et si vous voyez quelqu'un tout seul, mettez-*vous* à sa place. Allez lui dire bonjour.

Magalie hoche la tête. Cette règle est pleine de bon sens. Ses enseignants à l'école ont toujours dit la même chose. Même si Magalie est timide, elle n'aime pas voir les autres perdus ou tout seuls.

— Pendant les deux prochaines semaines, Benjamin et moi aimerions que vous réfléchissiez à comment vous pourriez agir différemment, poursuit Nina. Et à comment vous pourriez faire une différence. Peut-être que vous pourriez accomplir quelque chose que vous n'avez encore jamais fait, ou devenir ami avec quelqu'un de complètement différent de vous. Ou encore, essayer de faire un effort pour changer l'environnement. Que ce soit de grandes ou petites actions, elles sont toutes importantes.

Magalie penche sa tête d'un côté. Tout à coup, elle se rend compte qu'elle tire la langue comme toutes les fois où elle est concentrée.

Elle n'est pas sûre à 100% de bien comprendre ce que veut dire Nina. Magalie a toujours été une bonne élève à l'école et elle aime faire les choses correctement.

Mais comment peut-elle y parvenir lorsqu'elle ne comprend pas vraiment ce qu'elle *doit* faire?

— Nous reparlerons de «comment faire une différence» cet après-midi, dit Nina.

A-t-elle à nouveau lu les pensées de Magalie?

— Bon! poursuit Benjamin. Maintenant, il est temps de se diviser en petits groupes pour commencer à mieux se connaître. Ces groupes seront importants. Ils seront comme vos groupes pour le camp de jour. Chaque matin, nous commencerons par nous rassembler en petits groupes. Et chaque après-midi, avant de rentrer chez nous, nous nous retrouverons en grand groupe pour passer notre journée en revue et faire des plans pour le lendemain.

Le cœur de Magalie se met à palpiter alors qu'une horrible pensée lui traverse l'esprit. Maintenant que Loïc et Philippe se sont insérés entre elle et Charlotte, les deux filles ne seront probablement pas dans le même groupe ! À cette pensée, Magalie se sent à nouveau perdue.

Elle balaie les autres du regard. Des plus jeunes aux plus vieux. Des garçons agaçants aux filles à la mode.

« Qui sera dans mon groupe ? », se demande-t-elle anxieusement.

Chapitre trois

Magalie retient son souffle pendant que Benjamin fait le tour du cercle. « Un, deux, trois », compte-t-il, en désignant des enfants au hasard à mesure qu'il avance. Magalie reçoit le numéro trois.

— J'ai le numéro « un » ! dit Loïc d'un ton taquin, en tirant la langue. Comme pour numéro *gagnant* !

Magalie le regarde en levant les yeux au ciel. Loïc est si bruyant et drôle que Magalie en oublie presque d'être timide.

Peut-être que ce ne serait pas si terrible de l'avoir dans son groupe. À condition que Charlotte soit là aussi. Magalie se penche en arrière et regarde Charlotte. Charlotte lève trois doigts, un petit sourire au visage. Magalie sent l'espoir gonfler comme un ballon dans son cœur.

— Ok, les numéros «un» sur le tapis bleu, les «deux» sur le jaune et les «trois» sur le rouge! crie Benjamin.

— Numéro un, numéro un, numéro gagnant, les gagnants, dit Loïc d'un ton moqueur alors qu'il pousse Magalie en passant.

Magalie hausse simplement les épaules. Son numéro lui importe peu – du moment qu'elle et Charlotte sont dans le même groupe!

Il y a beaucoup de bruits et d'éclats de voix alors que les enfants se dirigent vers leur groupe sur les grands tapis colorés. Magalie marche vers le tapis rouge avec Charlotte. Elle peut voir Rosalie qui se dirige vers elles, bavardant joyeusement avec Jade et la fille à l'allure cool avec les longs cheveux noirs.

«Est-ce que ça va être un groupe de filles? se demande Magalie. Ça serait vraiment cool.»

Mais juste au moment où Magalie est en train de se dire ça, Rosalie jette un coup d'œil au groupe de filles et fait une grimace. Magalie ne peut s'empêcher de se sentir un peu blessée.

— Ok, tout le monde, j'aimerais que vous vous assoyiez en cercle pour commencer, crie Nina à tous les groupes alors qu'elle se dirige vers le tapis rouge.

Magalie s'assoit à côté de Charlotte, tout en regardant les autres s'installer. Elle jette de nouveau un coup d'œil à la fille qu'elle trouve cool, admirant son chandail jaune et sa belle jupe en jean.

— Quel beau groupe cool vous faites! dit Nina, en balayant du regard le groupe numéro trois, pendant que la fille sportive que Magalie a aperçue plus tôt prend place sur le tapis rouge.

Magalie fait la moue. Elle ne se sent ni belle ni cool à côté de toutes ces filles. Mais au moins, la fille sportive porte seulement un survêtement et des chaussures de sport.

— C'est Bianca, chuchote Charlotte, en regardant la fille athlétique. Elle est dans ma classe à l'école.

Bianca regarde toutes les filles.

— Oh! Il n'y a que des filles dans le groupe? dit-elle, déçue. Ça ne serait pas mieux s'il y avait des garçons?

Pourquoi n'aiment-elles pas ce groupe?

Magalie comprend que c'est sans doute pour cette même raison que Rosalie a fait une grimace une minute plus tôt. « Maintenant, il y a deux filles qui n'aiment pas ce groupe ! », se dit-elle.

— Je pense que vous serez un groupe fantastique, les filles, dit Nina à Bianca. Et tout le monde doit rester dans le même groupe, donc pas d'échange.

Puis Nina frappe dans ses mains et commence à parler à tous les groupes.

— Bon, le camp de jour n'est pas comme l'école. Et ce n'est pas comme rester à la maison. Cela vous donne l'occasion parfaite de faire les choses différemment.

Magalie regarde Charlotte, et les deux fillettes se sourient.

— Bon, j'aimerais que vous fassiez le tour du cercle, poursuit Nina. Et que vous donniez votre nom. Puis, j'aimerais que vous partagiez avec votre groupe une chose que vous voudriez faire différemment pendant les deux prochaines semaines. Et s'il vous plaît, pensez à des choses *intéressantes*! Manger plus de sucettes ou regarder davantage la télévision, par exemple, n'est *pas* très intéressant.

Tout le monde rigole et Nina fait signe à Bianca de commencer.

Alors que Nina s'éloigne, Magalie se sent nerveuse à l'idée de parler devant tout le groupe. Mais une partie d'elle-même est aussi excitée. Elle veut *vraiment* devenir amie avec ces filles.

Chapitre quatre

— Euh, salut. Je m'appelle Bianca et euh... Bianca s'arrête, se demandant très clairement ce qu'elle devrait dire ensuite.

Magalie se demande dans quel sens elles vont faire le tour du cercle. «Combien de temps avant que j'aie à parler?», pense-t-elle nerveusement. Elle ne sait vraiment pas quoi dire.

— Ah oui, et je joue au basket tout le temps, dit Bianca lentement, comme si une idée était tout juste en train de prendre forme. Avant d'aller à l'école, pendant le lunch, après l'école. Et j'adore, j'adore, *j'adore* ça. Mais des fois je me demande si je ne rate pas d'autres trucs. Vous savez, des trucs de filles ? Bon, euh...

Magalie sourit alors que Bianca fait la grimace. C'est évident qu'il lui est très difficile de même seulement imaginer ne pas jouer au basket tout le temps.

— Peut-être que tu pourrais jouer avec nous de temps en temps à la place, suggère Jade gentiment.

— Oui ! répond Bianca, l'air soulagée. Merci. C'est tout pour moi. À ton tour.

— Ok, commence Jade, en prenant une grande respiration avant de se lancer. Je

m'appelle Jade et le camp de jour sera définitivement différent pour moi parce que ma
grande sœur Maeva n'est pas là. Elle n'a
qu'un an de plus que moi et, normalement,
nous faisons tout ensemble. Donc, pour
une fois, je serai toute seule !

Magalie n'est pas sûre si Jade parle rapidement parce qu'elle est nerveuse ou parce
qu'elle sait exactement ce qu'elle veut dire
et qu'elle est impatiente de le dire. Dans
tous les cas, Magalie trouve que Jade a l'air
très gentille.

— À ton tour, Jessica, dit Jade, en se tour-
nant vers la fille aux longs cheveux noirs.

— Tout comme Jade vient juste de vous
le *dire,* je m'appelle Jessica, dit-elle en souriant. Je connais Jade et Rosalie de l'école.

Jessica se frotte les mains sur sa jupe en jean, ne sachant pas trop comment poursuivre.

— En fait, j'aimerais bien m'entendre avec tout le monde dans le camp de jour. J'imagine que parfois je peux être un peu... euh...

— Autoritaire? dit Rosalie en lui donnant un petit coup de coude.

Jessica affiche un demi-sourire tout en fronçant les sourcils.

— J'imagine.

— Oh, on t'aime quand même, dit Rosalie d'un ton espiègle.

Jessica étire le bras vers Rosalie en prétendant la frapper. Comme les deux filles sourient, Magalie se dit que Jessica n'est pas trop fâchée.

Puis c'est le tour de Charlotte.

— Euh, dit-elle doucement pendant que son visage s'empourpre. J'aimerais me faire de nouveaux amis. Et j'aimerais ne pas être aussi... eh bien, être un peu plus... Elle marque une pause. Eh bien, j'aimerais être moins timide, conclut-elle en regardant par terre.

Magalie regarde Charlotte avant de jeter un coup d'œil au reste du groupe. Tout le monde sourit gentiment à Charlotte, mais Magalie voit bien que les autres ne savent pas vraiment ce que c'est d'être timide.

Puis c'est à son tour et elle sent son estomac se serrer. Elle n'a pas vraiment réfléchi à ce qu'elle allait dire, mais elle commence tout de même à parler.

— Je m'appelle Magalie, dit-elle en essayant de cacher sa nervosité. Lorsque je suis à l'école, comme, dans ma vie *normale,* je travaille assez fort parce que j'aime bien réussir dans toutes les matières. Alors pendant le camp, j'aimerais bien *m'amuser* plus.

Magalie vient à peine de terminer qu'elle veut déjà retirer ce qu'elle vient de dire.

«Qu'est-ce que c'était ridicule!», pense-t-elle. Elle peut dire ce genre de choses à Érika.

Érika sait bien que Magalie est une petite intello qui s'inquiète beaucoup. Mais ces filles sont tellement – eh bien, *différentes,* et Magalie ne les connaît même pas!

Juste au moment où Magalie se dit que les filles sont probablement en train de penser qu'elle est une vraie petite fille modèle, Rosalie intervient.

— Je m'appelle Rosalie et j'ai envie de plus m'amuser aussi! dit-elle, en souriant à Magalie.

Ce qui rassure immédiatement Magalie.

Puis Rosalie se penche vers le groupe et baisse la voix pour que Nina n'entende pas.

— Et je suis une fan de planche à roulettes, ajoute-t-elle en louchant. Mais je veux devenir une *championne* de planche à roulettes et essayer des figures rigolotes pendant les deux prochaines semaines !

Tout le monde se met à glousser. Magalie remarque que pour la première fois, tout le groupe rit à propos de la même chose, en même temps.

«Nous formons un drôle de petit groupe, se dit Magalie. Mais peut-être que ça fonctionnera bien, après tout.»

Chapitre
cinq

— Ok, Magalie, dit Benjamin, en regardant sa liste de noms et d'activités. Tu es dans le Club des Biscuits avec Nina.

Charlotte s'en va faire une autre activité, mais ça ne dérange pas Magalie. Au moins Jessica et Jade sont toutes les deux dans le Club des Biscuits avec elle. Les trois fillettes se dirigent vers la cuisine où Nina leur dit de mettre un tablier et de se trouver une place sur le banc, chacune devant un bol et un rouleau à pâtisserie.

En plus des filles, le Club des Biscuits compte aussi deux jeunes enfants et un garçon d'à peu près leur âge qui s'appelle Jasmin. Les petits sont vraiment comiques et complètement incapables de mélanger leur pâte correctement. Magalie, Jade et Jessica passent la moitié du temps à les aider en essayant de ne pas rire. Avant même que Magalie ait fini de rouler la pâte à biscuits, tout le monde est déjà couvert de farine !

Il y a plusieurs emporte-pièces de formes différentes sur l'établi de cuisine. Magalie prend l'étoile.

— Oooh, Magalie est une étoile, glousse Jessica alors qu'elle choisit le bonhomme de pain d'épice.

— C'est mieux que d'être un bonhomme de pain d'épice ! dit Magalie en rigolant.

— Ou un cercle géant, se plaint Jade en leur montrant le dernier emporte-pièce. C'est tout ce qu'il reste. Que c'est ennuyant !

Puis les trois fillettes se mettent à rire. Pauvre Jade !

Magalie passe la tête par la porte de la cuisine pour jeter un coup d'œil dans la salle pendant qu'elle attend que les biscuits aient fini de cuire. Elle peut voir Charlotte et Bianca assises autour de ce que Benjamin a appelé le «Chariot des Arts», une grande table sur roulettes recouverte de matériel d'arts.

Philippe et Loïc sont aussi là, entourés de paillettes, de colle et de piles de carton métallique brillant. Magalie regarde Loïc plier une carte géante en deux. Sur le devant, il y a une super image d'un pingouin sur un iceberg scintillant.

Magalie se demande où est Rosalie. Elle doit être dans une des salles d'activités. Magalie n'y est pas encore allée, mais Benjamin a fait allusion à un groupe qui est en train de fabriquer des boîtes secrètes. Tous devront ensuite mettre leurs mains dans les boîtes pour en deviner le contenu !

Lorsque Nina sort les biscuits du four, le ventre de Magalie se met à gargouiller

sous les effluves du gingembre et de la cannelle.

— Ok, c'est l'heure de décorer, annonce Nina en désignant un paquet de sachets à glaçage.

Magalie adore presser le sachet pour tracer des motifs sur ses biscuits. Elle fait très attention à ses étoiles : elle dessine leur contour avant d'ajouter des cercles colorés sur chaque pointe.

Lorsque, après un petit moment, elle lève enfin les yeux de ses biscuits, elle aperçoit Jessica qui tient le plus fantastique des bonshommes de pain d'épice. Il a l'air un peu bancal, avec deux yeux de couleurs différentes et deux chaussures de différentes couleurs aussi. Mais il est génial.

— Voilà pour vous, dit Jessica en cassant son bonhomme de pain d'épice en trois morceaux.

Elle donne les pieds à Magalie et le milieu à Jade. Puis, Jessica met la tête dans sa bouche.

— Merci, dit Magalie.

Jessica est très gentille de lui donner un morceau de pain d'épice, juste comme ça. Et c'est délicieux !

Magalie est justement en train de se demander comment elle pourrait diviser son étoile la mieux décorée en trois morceaux lorsque Benjamin entre dans la cuisine.

— Ok, les *cookie monsters* ! lance-t-il. Leçon de hip-hop. Pour tout le monde, cette fois. Rangez tout et venez vite nous rejoindre.

Magalie trouve une place au fond de la salle. Comme elle n'est pas une très bonne danseuse, elle préfère se cacher le plus possible. Mais c'est plutôt difficile avec Loïc d'un côté et Charlotte de l'autre !

Lorsque la musique se fait entendre, tout le monde essaie de suivre les mouvements de Benjamin. Mais ce n'est pas facile pour Magalie, puisque Loïc n'arrête pas de lui rentrer dedans.

Même s'il est évident qu'il essaie de suivre les pas, Loïc finit toujours par aller à droite quand Benjamin dit à gauche – et d'aller à gauche quand Benjamin dit à droite !

Mais cela ne dérange pas Magalie. Le fait d'avoir Loïc à côté d'elle la fait passer pour une excellente danseuse ! Et elle s'amuse vraiment.

Magalie garde quand même un œil sur les filles de son groupe.

Elle aperçoit Rosalie et Bianca qui rigolent en trébuchant. Et Jade est tellement emportée par la danse qu'elle n'arrête pas d'ajouter des éléments : un tortillement par-ci, un claquement de doigts par-là.

Tous les enfants s'amusent. Magalie le voit bien à leurs sourires.

Mais le meilleur moment de la leçon de danse consiste à regarder Charlotte. Elle est extraordinaire ! Magalie est fière de sa nouvelle amie.

Charlotte apprend les mouvements si rapidement qu'*elle* peut presque les enseigner à Benjamin ! C'est comme si la danse avait pris la place des mots pour devenir le véritable langage de Charlotte.

Magalie n'arrive pas à croire que c'est l'heure du lunch lorsque Nina souffle dans le sifflet. Alors qu'elle va chercher son chapeau et sa boîte à lunch, elle se dit que la matinée a filé à toute vitesse. Comme Charlotte est encore en train de parler avec Benjamin, elle va à l'extérieur chercher les autres filles de son groupe.

Mais elle ne les voit nulle part. C'est bizarre. Il y a quelques instants à peine, elle s'amusait, se faisait de nouveaux amis et se sentait bien. Et voilà qu'elle se sent à nouveau nerveuse et seule.

Chapitre six

Magalie entre dans la cour, sa boîte à lunch sous le bras. Sur un des murs, il y a beaucoup de peinture qui s'écaille. Magalie le fixe, en partie parce qu'elle se demande ce que c'est, mais aussi parce qu'elle espère secrètement avoir l'air occupée. «Il n'y a rien de pire que de se sentir sans amis, avec une boîte à lunch pour seule compagnie», se dit-elle.

— Salut Magalie, dit une voix.

Magalie se retourne pour voir Nina qui se tient derrière elle.

— Avant, il y avait une murale là-haut.

C'est alors que Magalie se rend compte que la peinture qui s'écaille est en fait ce qui reste d'une immense image. Elle discerne simplement des ailes de papillon en lambeaux.

— J'ai vu une ancienne photo, dit Nina. C'est dommage que ce soit presque effacé maintenant. C'était une magnifique fresque d'animaux qui volent. Comme des oiseaux, des papillons et des licornes volantes.

Magalie sourit. Elle aime la façon dont Nina a fait mention des licornes volantes, comme si elles étaient aussi réelles que les papillons et les oiseaux.

La vieille murale devait être magnifique.

— Pourquoi ne fermes-tu pas les yeux pour imaginer de quoi ça avait l'air, suggère Nina en fermant ses propres yeux tout en prenant une grande inspiration.

Magalie fait une grimace. Elle se sent toujours un peu bête lorsque les enseignants lui demandent de faire des choses comme ça. Mais lorsqu'elle ferme les yeux, elle admet que ce qu'elle imagine est magnifique. La peinture écaillée sur le mur est totalement transformée dans son esprit. Pendant une seconde, elle peut vraiment *voir* les couleurs brillantes, les ailes, la licorne magique qui vole dans le ciel bleu.

— Eh, Magalie! crie Rosalie, la ramenant Magalie sur terre. Est-ce que tu viens?

Magalie est heureuse de voir le visage sympathique de Rosalie.

Nina fait un clin d'œil à Magalie avant de retourner à l'intérieur.

— Nous sommes toutes sous l'arbre, dit Rosalie, en lui indiquant une table de pique-nique. Nous vous attendions, toi et Charlotte. Nous sommes déjà au milieu de notre lunch.

Magalie fait un grand sourire à Rosalie avant de la suivre sur le chemin de béton qui mène à la table de pique-nique. C'est agréable de voir qu'elle a manqué aux autres. C'est encore plus agréable de penser que son groupe se tient déjà ensemble. Elles n'ont peut-être pas vraiment l'air d'un groupe, mais au moins, elles *agissent* comme si elles en formaient un.

Mais dès que Magalie s'assoit, Bianca se lève.

— Bon, j'ai fini, dit-elle en se frottant le ventre. Est-ce que quelqu'un veut mon dernier pita ?

— Mmm, dit Jade, en se servant dans les restes du repas de Bianca. Tu veux échanger contre la moitié d'un sandwich au jambon ramolli ?

Bianca glousse.

— C'est tentant, Jade, répond-elle. Mais je préfère jouer un peu au basket. Qui veut venir? demande-t-elle en regardant autour d'elle, pleine d'espoir.

Magalie ouvre sa boîte à lunch et commence à manger. Comme les autres sont

aussi en train de manger, Bianca se dirige seule vers le terrain de basket.

— Vous savez, dit Jessica en regardant Bianca s'éloigner en trottinant, à mon avis, Bianca serait tellement plus belle si on lui mettait d'autres vêtements. Et si on changeait sa coiffure.

Jessica parle très fort. Comme si elle était en train de dire quelque chose de *gentil* sur Bianca, et que cela ne faisait rien si le monde entier l'entendait.

Magalie n'est pas certaine que ce soit quelque chose de si gentil à dire. Elle n'aimerait pas que Jessica dise des choses comme ça sur *elle* derrière son dos.

Mais Jade et Rosalie n'ont pas l'air d'y trouver quelque chose de mal. Elles haussent toutes les deux les épaules et continuent à manger.

Magalie espère que Charlotte va bientôt arriver. Même si elle l'apprécie bien, Jessica rend Magalie un peu mal à l'aise.

Chapitre
sept

— Salut Charlotte ! s'écrie Jade. Où étais-tu ?

Magalie lève les yeux et aperçoit Charlotte qui se dirige vers elles. Elle se pousse sur le banc pour lui faire de la place.

— Benjamin et quelques petits voulaient que je leur montre des mouvements de danse, explique Charlotte.

— Ce n'est pas étonnant, dit Magalie en hochant la tête. Tu danses super bien !

Elle remarque que les joues de Charlotte rougissent alors qu'elle sourit à Magalie.

— Eh, regardez Loïc et Philippe, dit Jessica en pointant vers les terrains de basket. Ils sont drôles, non ?

Magalie arque son cou pour voir les garçons. Ils sont en train de se dandiner comme des canards sur le terrain de basket.

Magalie remarque que Bianca a volé le ballon à un garçon de l'équipe de Loïc.

— Allez, Bianca ! Tu es la meilleure, crie Jessica.

— Ouaouh ! rajoute Rosalie.

Bianca lève une main en faisant le signe de victoire. Puis, elle dépasse Loïc et Philippe pour faire un tir en course. Après qu'elle a marqué un panier, les membres de son équipe lui tapent dans la main pour la féliciter.

Loïc et Philippe font semblant de pleurer. Ils font des grimaces en se frottant les yeux comme des personnages de dessins animés.

Les filles se mettent toutes à rigoler. Rosalie, Jade et Jessica sont prises de fou rire. Au moment où Magalie pense qu'elles vont s'arrêter, elles reprennent de plus belle. Jessica essuie des larmes de rire.

Finalement, le groupe se calme. Évidemment, c'est *exactement* le moment que choisit l'estomac de Charlotte pour se mettre à gargouiller !

Jessica regarde Charlotte.

— Oh, que c'est drôle ! dit-elle en riant aux éclats.

— J'avais oublié que tu étais là, Charlotte !

Et soudain on entend un autre, *ggrrrrr* !

Les autres rient aussi.

— Ne t'inquiète pas, Charlotte, dit Rosalie entre deux gloussements. Parfois mon ventre fait des bruits de tremblement de terre quand il gargouille !

— Le mien, on dirait un tigre qui rugit, ajoute Jade.

Magalie remarque que Charlotte se force à sourire. Mais elle voit bien à la façon dont elle cligne des yeux qu'elle est un peu froissée.

— Eh, je voudrais te montrer quelque chose quand tu auras fini de manger, dit Magalie à Charlotte alors que les trois

autres fillettes recommencent à encoura-
ger Bianca.

— C'était un moment horrible, dit Charlotte
à voix basse alors qu'elle et Magalie regardent
ensemble la vieille murale.

Magalie soupire. Elle peut imaginer ce
que Charlotte a ressenti.

— Jessica s'est moquée de moi devant
tout le monde, poursuit Charlotte. Et puis,
elle a reconnu qu'elle n'avait même pas
remarqué que j'existais !

Magalie donne un petit coup de coude à
Charlotte.

— J'avais remarqué que tu étais là, dit-elle.
Ne t'en fais pas pour Jessica. Elle est correcte.

Cette murale devait être magnifique!

Elle est juste différente de nous, les «timidettes». Elle sourit en pensant que *timidettes* est le meilleur mot qu'elle a jamais inventé.

Peu de temps après, Jade, Rosalie et Jessica remontent le chemin à toute vitesse pour rejoindre Magalie et Charlotte.

— Ce mur est *vraiment* dégoûtant, dit Rosalie, en enlevant des morceaux de peinture écaillée.

Magalie leur parle de la murale d'oiseaux, de papillons et de licornes volantes que Nina lui a décrite.

— Oh, ça devait être vraiment cool, dit Jade. *J'adore* les papillons. Et les oiseaux.

Jessica glousse.

— Tu *adores* les animaux. Un point c'est tout, la taquine-t-elle. Tu adores les chiens et les chats et les oiseaux et les mouffettes et...

— Oh! oh!, l'interrompt Rosalie. Vous entendez?

Magalie reconnaît le *cui, cui, cui* familier.

— On ferait mieux de retourner en classe, dit Magalie sans réfléchir.

— En classe? répète Bianca, en courant vers le groupe.

Magalie secoue la tête, en souriant intérieurement. Le camp de jour ne ressemble vraiment *pas* à l'école. Surtout pas les leçons de hip hop, le Club des Biscuits, et l'objectif de faire les choses différemment.

Les filles se dirigent vers la porte arrière de la salle et jettent un coup d'œil à l'intérieur.

— Ouaouh! s'écrie Jessica, sincèrement impressionnée. C'est un karaoké!

Chapitre
* huit *

— Allez, tout le monde. C'est l'heure du karaoké ! lance Benjamin, en appelant les filles.

Magalie le regarde se diriger vers un écran et deux micros.

— J'appelle toutes les rock stars ! dit-il dans un des micros. Petits, moyens et grands. Les petits vont commencer, parce qu'ils ont le rock dans la peau !

Deux petites filles courent vers les micros. Elles sautillent, attendant leur tour avec impatience.

Magalie se mord la lèvre. C'est étonnant de voir des enfants si petits être aussi enthousiastes à l'idée d'aller chanter devant tout le monde. Magalie trouve cela bizarre : bien qu'elle soit plus âgée, elle n'est pas du tout enthousiaste. Elle a déjà joué de la guitare lors de réunions d'élèves. Mais c'était différent. Elle connaissait la plupart des enfants à l'école et de toute façon, elle pouvait se cacher derrière l'instrument.

Magalie prend son courage à deux mains et va voir Benjamin.

— Benjamin, dit doucement Magalie, est-ce qu'on est obligé de le faire ?

Benjamin a secoué la tête.

— Bien sûr que non, Magalie, répond-il. Mais c'est vraiment très amusant. Je chante très mal et j'adore quand même le karaoké. Peut-être que tu pourrais essayer pour voir.

— Non, ça va. Je préfère regarder, dit-elle, sentant son corps se détendre.

C'est bien qu'elle *ne soit pas obligée* à aller devant tout le monde. N'est-ce pas ?

Le karaoké est un peu trop terrifiant à mon goût.

«Un, deux, un, deux, trois», scandent en chœur les petites filles, tout comme de vraies rockeuses. Un bruit aigu s'échappe des micros. Tout le monde se couvre les oreilles. Mais cela n'arrête pas les petites starlettes. Elles éloignent simplement les micros de leurs bouches et se mettent à chanter.

Magalie ne connaît pas la chanson. Mais ce n'est certainement pas le cas des petites. Elles ont plutôt de bonnes voix et elles dansent en harmonie, comme si elles s'étaient déjà entraînées ensemble.

À la fin de la chanson, Magalie applaudit avec les autres.

Lorsqu'elle regarde autour d'elle, elle aperçoit Rosalie qui parle et rit avec Loïc.

Ils vont en avant pour interpréter une chanson.

Une sensation étrange lui parcourt le corps. Un peu comme si elle était jalouse. Elle n'est pas assez courageuse pour aller devant tout le monde. Et voilà que Rosalie n'a pas peur de chanter en duo avec Loïc Bouffon – et ils ne se connaissaient même pas avant aujourd'hui !

Lorsque la musique commence, tout le monde pousse des cris aigus en applaudissant.

Loïc a aplati ses cheveux pour faire une frange qui le fait ressembler à Zac Efron dans le film *High School Musical*.

Il agite une main dans les airs et bientôt toute la salle fait comme lui.

Rosalie rigole tellement qu'elle rate presque son départ pour chanter !

Magalie agite ses bras avec les autres. « Eh, se dit-elle, ce pourrait être assez cool de faire semblant d'être une vraie rock star, avec des micros de pro comme ceux-là. »

Au même moment, Jessica se penche vers Magalie.

— Et si on chantait une chanson ensemble, propose brusquement Jessica dans l'oreille de Magalie.

Le cœur de Magalie s'arrête quasiment de battre. Elle est surprise que Jessica lui demande de chanter avec elle. Elle se sent courageuse tout d'un coup, surtout que Jessica l'a dit comme si elle s'attendait à ce que Magalie dise oui tout de suite.

— Ok, dit Magalie après un moment. Ça me tente.

Les minutes qui suivent sont confuses. Le cœur de Magalie bat à tout rompre pendant que Jessica choisit leur chanson. Avant d'avoir eu le temps de dire quoi que ce soit, elle se retrouve devant toute la salle — avec un micro! Lorsque la musique commence, Magalie reste paralysée. Jessica commence à chanter. Pendant une seconde, Magalie pense aller rejoindre furtivement le public.

Mais lorsque Jessica passe son bras autour de Magalie pour qu'elles puissent lire ensemble les paroles sur l'écran, Magalie se penche vers le micro et commence à chanter.

Jessica et elle ne sont pas si mauvaises que ça !

Quelques enfants tapent des mains et d'autres chantent. Mais lorsque Magalie regarde dans la salle, elle constate que *tout le monde* apprécie bien la chanson.

« Et moi aussi ! », se dit-elle.

Chapitre neuf

Plus tard dans l'après-midi, tout le monde se rassemble par terre devant Nina. Même si on ne leur a pas dit de s'asseoir avec leur groupe, Magalie se retrouve quand même près des filles du groupe trois.

— Bon, tout le monde, crie Nina. La première journée touche à sa fin. À présent, il est temps de faire un peu de *travail* !

De nombreux grognements et gémissements se font entendre de partout dans la salle.

Mais Nina sourit.

— Je voulais dire du travail *amusant,* pas du travail *ennuyant,* ajoute-t-elle. Benjamin, peux-tu aller chercher la boîte à mystère, s'il te plaît ?

Magalie fait un grand sourire lorsque Benjamin apporte à Nina une grosse boîte scintillante. Elle savait secrètement que Nina et Benjamin ne leur donneraient pas de travail ennuyant. La journée avait été tout *sauf* ennuyante !

— Bon, qui se souvient de la première règle du camp de jour dont nous avons parlé ce matin ? demande Nina.

— Se respecter, crie Jade.

— Correct ! dit Nina. Et quelle est la deuxième règle dont nous avons parlé ?

Bianca lève la main et Nina fait un signe dans sa direction.

— Essayer de faire une différence. Et faire les choses différemment, dit Bianca.

— Fantastique, s'écrie Nina. J'aimerais que vous réfléchissiez à ce que vous pouvez faire pour améliorer votre monde. Vous pouvez faire une différence de nombreuses façons ! Cela pourrait être en aidant quelqu'un que vous connaissez. Ou en essayant de rendre l'environnement plus propre. En ramassant les déchets, par exemple, ou en cultivant des arbres, de l'herbe ou des aliments. Le fait est, *tout le monde* et *chacun* peut faire une différence d'une certaine façon. Que vous soyez vieux ou jeune, grand ou petit.

— Ou fou comme Philippe, ou parfait comme moi! crie Loïc.

Nina lève les yeux au ciel en souriant.

— La boîte à mystère, poursuit-elle en portant la boîte, contient trois morceaux de papier, un pour chaque groupe. Sur chaque papier, Benjamin et moi avons écrit un sujet sur lequel nous aimerions que vous vous concentriez pour aider à faire une différence. Nous aimerions que chaque groupe fasse un remue-méninges sur leur sujet. Écrivez une liste de tout ce que vous pouvez accomplir pour faire une différence.

— C'est une compétition ou quoi? chuchote Bianca, en se penchant vers Magalie de façon à ce que leurs épaules se touchent.

Magalie hausse les épaules.

— Je ne crois pas, lui répond-elle à voix basse. Mais j'imagine que ça pourrait l'être.

— Après que votre groupe aura trouvé des idées pour faire une différence sur un sujet en particulier, nous pourrons *tous* y réfléchir ensemble et essayer de mettre quelques-unes de ces idées en pratique. Ce sera comme un projet spécial du camp de jour.

— Elle veut dire *compétition*, glousse Bianca.

Magalie sourit. Projet ou compétition, tout ceci lui plaît bien.

— Commençons par le groupe un, dit Nina. Loïc, pourquoi ne pigerais-tu pas pour ton groupe ?

J'aime l'idée de la boîte à mystère.

Magalie doit se mordre la lèvre pour ne pas rire lorsque Loïc bondit de sa place. Il a encore les cheveux aplatis depuis sa prestation de karaoké.

Nina lui remet la boîte à mystère et Loïc passe sa main à l'intérieur pour en sortir un morceau de papier.

— Groupe un, mes chers collègues gagnants, dit-il en regardant les membres de son groupe. Le sujet pour lequel nous devons réfléchir à faire une différence est...

Loïc fait attendre tout le monde comme s'il présentait un grand film ou une récompense de musique.

— ... «prendre soin des autres», annonce-t-il finalement de façon dramatique.

— D'accord, dit Benjamin. Alors ton groupe doit trouver ensemble des solutions pour rendre le camp de jour plus agréable pour tous. Penses-tu être capable de faire ça, Loïc?

Loïc penche la tête d'un côté.

— Le groupe un peut *tout* faire, répond-il avec un grand sourire.

— Tant mieux pour vous, dit Benjamin. Bon, j'appelle Denis pour le groupe deux!

Magalie regarde le petit garçon mettre la main dans la boîte.

— Le sujet est «nos familles», lit-il lentement. Il regarde Benjamin et puis Nina.

— Donc, ça veut dire que nous devons essayer de trouver des idées pour faire une différence dans nos familles, c'est ça? demande-t-il.

— C'est tout à fait ça, Denis, répond Nina et le petit garçon sourit. Maintenant, pour le groupe trois, je pense que c'est au tour de Magalie d'aller à la boîte à mystère.

— Allez, Magalie, lance Rosalie en lui pressant la jambe alors qu'elle se lève.

Magalie sourit et plonge sa main dans la boîte à mystère devant tout le monde.

Depuis le karaoké, on dirait que sa timidité a un peu disparu. Elle est *contente* d'avoir été choisie pour venir en avant. C'est comme si une seule journée passée au camp de jour l'avait déjà changée. D'une bonne manière.

— Allez, la reine du karaoké, crie Loïc. Qu'est-ce qui te prend autant de temps ?

— Relaxe, Zac ! Une minute, répond Magalie en gloussant.

Puis, elle regarde les filles de son groupe.

— Le sujet pour lequel nous devons réfléchir à faire une différence est l'environnement !

Chapitre dix

Ensuite, chaque groupe se rassemble sur son propre tapis coloré.

Magalie a déjà plein d'idées en tête en se dirigeant vers le tapis rouge avec les autres. Mais il y a une idée *en particulier* qui occupe son esprit. Elle a hâte de la partager avec le reste du groupe.

Mais on dirait que son tour pour parler ne viendra *jamais*. Les idées fusent de toutes parts ! Magalie regarde Jessica qui note chacune d'elles sur une grande feuille de papier à l'aide d'un feutre.

— Éteindre les lumières quand nous ne les utilisons pas, suggère Bianca.

— Recycler, ajoute Rosalie.

— Utiliser du papier parchemin au lieu de prendre du plastique pour envelopper nos sandwichs, lance Jade.

Magalie jette un coup d'œil au groupe. Rosalie étale ses coudes sur les coins de la feuille de papier pour aider Jessica. Bianca fait claquer ses doigts à chaque nou-velle idée. Jade affiche un sourire fendu jusqu'aux oreilles. Puis, Magalie pose son regard sur Charlotte. Charlotte se tient les mains serrées, comme si elle s'agrippait à une idée en attendant de pouvoir prendre la parole.

— Charlotte? dit Rosalie.

— Euh… et si on trouvait des manières de se rendre au camp de jour sans prendre la voiture? dit Charlotte. Je pense que je pourrais…

— C'est une bonne idée, Charlotte, l'interrompt Jessica en prenant son idée en note. Je pourrais probablement y aller à pied ou en bicyclette. Et toi, Jade?

— Je pourrais voir si ma mère me laisse venir à pied, dit Jade.

— Et je pourrais venir en joggant, lance Bianca. D'autres idées? Magalie?

Magalie prend une grande inspiration.

— Pourquoi ne pas peindre une nouvelle murale extérieure? On pourrait donner un aspect neuf et resplendissant au mur. Cela n'a rien à voir avec vos idées, mais ça pourrait faire une différence pour améliorer notre environnement.

Pendant une seconde, Jessica la fixe sans rien écrire.

— Ouaouh, dit-elle finalement. Ce serait *extrêmement* cool.

Tout d'un coup, toutes les filles se mettent à parler de ce qu'elles aimeraient peindre sur la murale. Rosalie agite sa main dans les airs pour attirer l'attention de Nina. Les fillettes lui expliquent ce qu'elles veulent faire.

— Quelle excellente idée ! dit Nina alors qu'elle ramasse leur liste du remue-méninges pour l'accrocher au mur, à côté des listes des autres groupes. Je suis sûre que je peux trouver de la peinture et des pinceaux.

C'est étrange de penser que ce matin encore Magalie avait peur d'aller au camp de jour. Parlez-moi d'un cas de blues de vacances! Maintenant, elle *veut* vraiment revenir demain au centre communautaire.

Pendant que Magalie attend que son père vienne la chercher, elle cherche Charlotte des yeux. Elle veut savoir comment Charlotte planifie se rendre au camp de jour demain.

«Peut-être est-elle déjà partie», se dit Magalie.

Pendant une seconde, elle se sent déçue. Mais elle se fait vite une raison. Peut-être qu'elle devra attendre à demain pour voir comment les autres se rendront au centre sans voiture. Mais ce n'est pas grave.

Nina a bien raison. Le camp de jour *est* toute une aventure. Et Magalie sent qu'il y a plein d'autres surprises qui l'attendent !

✳ À suivre ✳

Six filles en vacances

GO GIRL!
La bande des Six

Différentes mais ensemble.

À suivre dans

Charlotte la timide

Les filles sont excitées pour leur première excursion !

Alors que des amitiés se tissent entre les autres filles, pourquoi Jessica et Charlotte n'arrivent-elles pas à s'entendre ?

GO GIRL!

La nouvelle série
qui encourage les filles
à se dépasser !

La vraie vie,

de vraies filles,

de vraies amies.

Imprimé au Canada